RENNES 20 MARS 1882



# CATALOGUE

DES

## MEUBLES ANCIENS, OBJETS D'ART, CURIOSITÉS, GRAVURES, TABLEAUX, DESSINS, LIVRES,

DÉPENDANT

**De la Succession de M. Marie ROUAULT,**

Ancien Directeur du Musée Géologique de Rennes,

DONT LA VENTE AURA LIEU A RENNES, FAUBOURG DE BREST, N° 2,

**Les 20, 21, 22, 23 et 24 mars 1882,**

*A une heure de l'après-midi, par le ministère de*

**Me Emile TÊTON,** *commissaire-priseur à Rennes.*

## EXPOSITION PUBLIQUE

*le dimanche 19 mars 1882,*

DE UNE HEURE A QUATRE HEURES DU SOIR.

Etude de Me Emile TÊTON, commissaire-priseur à Rennes, rue des Francs-Bourgeois, n° 1.

*Impr. E. Baraise et Cie, place Saint-Michel, 7.*

# CATALOGUE

DES

## MEUBLES ANCIENS, OBJETS D'ART, CURIOSITÉS, GRAVURES, TABLEAUX, DESSINS, LIVRES,

DÉPENDANT

## De la Succession de M. Marie ROUAULT,

Ancien Directeur du Musée Géologique de Rennes,

DONT LA VENTE AURA LIEU A RENNES, FAUBOURG DE BREST, N° 2,

**Les 20, 21, 22, 23 et 24 mars 1882,**

*A une heure de l'après-midi, par le ministère de*

**Me Emile TÉTON,** *commissaire-priseur à Rennes.*

## EXPOSITION PUBLIQUE

*le dimanche 19 mars 1882,*

DE UNE HEURE A QUATRE HEURES DU SOIR.

Etude de Me Emile TÉTON, commissaire-priseur à Rennes, rue des Francs-Bourgeois, n° 1.

Rennes, imprimerie E. Baraise et Cie, place St-Michel, 7.

## ORDRE ET CONDITIONS DE LA VENTE

*Le lundi 20 mars 1882, à une heure de l'après-midi,*

**VENTE DES MEUBLES ANCIENS**

(§ I du Catalogue).

*Le mardi 21 mars, à une heure,*

**VENTE DU MOBILIER MEUBLANT**

(Non compris au présent Catalogue).

*Le mercredi 22 mars, à une heure,*

**VENTE DES TABLEAUX ANCIENS, DESSINS, GRAVURES**

(§§ II et III du Catalogue).

*Le jeudi 23 mars et jours suivants, à une heure,*

CONTINUATION DE LA VENTE DES DESSINS ET GRAVURES, ET VENTE DES LIVRES COMPOSANT LA BIBLIOTHÈQUE

(§ IV du Catalogue).

La vente aura lieu au comptant.

Les acquéreurs paieront cinq centimes par franc, en sus du prix de leurs adjudications.

Les Livres seront vendus sans aucune espèce de garantie concernant l'état dans lequel ils se trouveront, et les acquéreurs ne pourront faire aucune réclamation une fois l'adjudication prononcée.

Le présent Catalogue se trouve déposé en l'étude de Me TÉTON, commissaire-priseur à Rennes, qui l'adressera à toute personne qui en fera la demande.

§ I

# MEUBLES ANCIENS

1. Une très-belle table en porphyre oriental (pièce unique par sa grandeur).
2. Une console Louis XVI.
3. Une console Louis XV.
4. Une glace Louis XIV, avec encadrement sculpté.
5. Une glace Louis XV, avec encadrement sculpté.
6. Une belle armoire Louis XVI, sculptée.
7. Un lit Louis XVI.
8. Deux tables Louis XIII.
9. Un joli guéridon en vieux Boule.
10. Une commode Louis XVI.
11. Une table Louis XV.
12. Une commode Louis XV.
13. Deux chaises Empire.
14. Trois fauteuils Louis XVI, couverts en soie.
15. Un fauteuil Louis XV, couvert en soie.
16. Un très-bel écran Louis XV, en tapisserie de Beauvais, sujet grâcieux, genre Boucher.
17. Un beau lambrequin en vieille tapisserie au petit point, du XVI^e^ siècle (tissu métal et soie).
18. Une grande quantité de vieilles soies, courtes-pointes et rideaux en camaïeux.

## OBJETS D'ART — CURIOSITÉS

19. Une très-belle collection de pierres gravées (95 pièces).

20. Une boîte en caillou de Rennes.
21. Deux statuettes en marbre.
22. Une pagode chinoise.
23. Une statuette en biscuit.
24. Deux panneaux avec peintures sur verre.
25. Un bas-relief en écaille (pièce très-rare).
26. Un bas-relief en albâtre.
27. Deux bas-reliefs en cuivre repoussé.
28. Une montre et une châtelaine Louis XV (cuivre ciselé).
29. Deux très-beaux vases hispano-mauresques.
30. Un plat hispano-mauresque.

Porcelaines de Sèvres, de Chine et du Japon; faïences de Rouen, de Moustiers, de Strasbourg, de Rennes, etc., etc.

§ II

## GRAVURES ANCIENNES & MODERNES

De ou d'après Debucourt, Fragonard, Cochin, Boucher, Leprince, Dujardin, Vanloo, Greuse, Albert Durer, Callot, Rembrandt, etc., etc.

---

31. Quatorze gravures religieuses et autres.
32. Sept gravures de Greuse, Gravelot, Vignon, etc.
33. Dix feuilles de petites gravures de C. Dujardin, Leprince, etc.
34. Neuf feuilles gravures religieuses, etc.
35. Dix-sept gravures de S. Lecler et autres.
36. Vingt gravures de Berghem, Téniers, etc.
37. Quinze feuilles de petites caricatures du XIX^e^ siècle.

38. Huit feuilles gravures de Rambrandt, caricatures du XVIIIe siècle, gravures sur les Jésuites, etc.
39. Quarante-cinq caricatures du XIXe siècle.
40. Douze caricatures du XIXe siècle.
41. Quatorze portraits, XVIIIe siècle.
42. Douze gravures historiques, portraits, etc.
43. Quarante-huit portraits gravés et lithographiés.
44. Sujet égyptien.
45. Chinoiserie (curieuse collection).
46. Sept gravures de Mouchy, Denis et autres.
47. Douze gravures de Cazenave, Reynolds, Mecou, etc.
48. Dix gravures de Vanloo, Fragonard, etc.
49. Dix gravures de Laugier, etc.
50. Sept gravures en couleur de Philippeaux, Chaponnier et autres.
51. Dix-huit gravures de Potrelle, Lefèvre et autres.
52. Quatre gravures de Rubens et autres.
53. Six gravures d'Albert Durer et autres.
54. Sept gravures anciennes.
55. Douze gravures d'Annibal, Carache et autres.
56. Dix gravures anciennes.
57. Dix gravures de Cort et autres.
58. Vingt-une gravures de Sadeler, etc.
59. Quarante-deux gravures de Bosse.
60. Deux gravures en couleur, de Ward.
61. Dix lithographies.
62. Études d'arbre.
63. Douze lithographies italiennes.
64. Douze gravures de Lucas.
65. Douze feuilles de gravures, d'après Diaz et autres.
66. Neuf feuilles de gravures de Desclaux, etc.
67. Quatre gravures de Beauvarlet, etc.

68. Six lithographies et gravures de Carle et Joseph Vernet.

69. Quinze gravures (batailles du premier Empire).

70. Dix-sept gravures historiques.

71. Un lot d'études et autres.

72. Douze gravures et lithographies d'après Joseph Vernet.

73. Six gravures de Bryer.

74. Six gravures de Laurent, Cochin, Boucher.

75. Neuf gravures de Vernet et autres.

76. Un lot études et autres.

77. Sept feuilles de gravures de Duplessix, Bertaux, etc.

78. Neuf feuilles de gravures de Lebeau, Dulos, etc.

79. Sept gravures de Coypel, Martinet, Debucourt, Hogarth, Audebert et Fragonard (rares estampes en couleurs).

80. Soixante-cinq gravures de Jaspar Isac (gravures extraites de volumes), épreuves anciennes.

81. Sept feuilles de Ward et autres.

82. Cinq feuilles de Callot.

83. Neuf gravures de Callot.

Un grand nombre de gravures non cataloguées sera vendu par lots.

§ III

# TABLEAUX ANCIENS ET MODERNES

84. Toile signée Vaumort.

85. Vue des greniers de l'Hôtel-de-Ville, du même.

86. Casseurs de pierres, du même.

87. Personnages du XVIII$^{e}$ siècle.

88. Tête de jeune fille (pastel ovale).

89. Les bulles de savon, attribuées à Raoux (deux pendants), avec encadrements sculptés.

90. La chevalière d'Éon (avec encadrement sculpté).

91. Vierge sur cuir de Cordoue (pièce de toute rareté), bel encadrement sculpté.

92. Gouaches de Morel (deux pendants).

93. Peintures sur verre, genre Boucher (2 pendants).

94. Sujets militaires (deux médaillons).

95. Saint Pierre, peinture sur marbre.

96. Gouache marine, genre J. Vernet.

97. Diane au bain, attribué à Lancret (avec encadrement sculpté).

98. Sujet religieux, peinture espagnole, attribué à Lancret (avec encadrement sculpté).

99. Effet de neige, signé Malebranche.

100. Effet de nuit (gouache).

Après la vente des tableaux, on vendra une grande quantité de dessins anciens et modernes, gouaches, aquarelles, dessins originaux : de Henri Monnier, Darcy, Charlet, V. Le Monnier, Busnel, Lenfant, etc.

## § IV

# LIVRES

1. ALMANACH DES SPECTACLES. — Paris, 1818-1823 ; 3 vol. in-18 cartonnés ; fig. en couleurs (rares).

2. ALOPHE. — Les Danseuses de l'Opéra, costumes des principaux ballets, dessinés par Alophe. Paris,

s. d., in-4 broché (Album de lithographies en couleurs).

3. ANQUETIL (L.-P.) — Histoire de France. Paris, 5 vol. gr. in-8, avec figures.

4. ARAGO (Jacques). — Histoire de Paris, de 1841 à 1852, comprenant les sept dernières années du règne de Louis-Philippe et les quatre premières de la République. Paris, 1852, 2 vol. gr. in-8, en feuilles.

5. ARMENGAUD (Jean-Germain-Désiré). — Les Chefs-d'Œuvre de l'Art chrétien. Paris, Didot, 1857, in-4 relié, avec figures.

— Les Galeries publiques de l'Europe. Paris, 1856, in-f° relié, avec figures.

6. BARBIER (Auguste). — Iambes. Paris, Canel, 1832, in-8, d. r.

7. BARRANDE (Joachim). — Système silurien du centre de la Bohême, 1re partie : Recherches paléontologiques ; crustacés, trilobites. Prague, Calve, 1852, in-4 avec un atlas, cartonné.

— Parallèle entre les dépôts siluriens de Bohême et de la Scandinavie. — *Ibid.*, 1856, br. in-4.

— Céphalopodes, études générales (extrait du système silurien du centre de la Bohême, vol. II, texte V), in-8 broché.

— Défense des Colonies, 1861-1863, 4 vol. in-8, br.

— Le même, 5 vol. r. d. chag.

— Brachiopodes, études locales (extraits du système silurien du centre de la Bohême). Paris, 1879, in-8 br.

8. BARTHÉLEMY (Auguste). — Némésis, satire hebdomadaire. Paris, Perrotin, 1850, in-8, d. r., avec figures.

9. BASAN. — Dictionnaire des graveurs anciens et modernes, depuis l'origine de la gravure, avec une

Notice des principales estampes qu'ils ont gravées. Paris, 1767, 3 tomes en 2 vol. in-12, reliés.

10. BAZOT. — Nouvelles parisiennes ou les Mœurs modernes, suivies de quelques variétés littéraires. Paris, 1814, 3 vol. in-8, brochés.

11. BEAUMARCHAIS (théâtre). — Paris, Didot, 1841, in-12 broché.

12. BEAUMONT (Elie DE). — Recueil de rapports sur l'état des lettres et les progrès des sciences en France : rapport sur les progrès de la stratigraphie. Paris, 1869, in-8 broché.

13. BEAUVALLET. — Les Femmes de Paul de Kock. Paris, s. d., in-4 cartonné, papier de couleur, avec figures.

14. BELLIOL (le docteur). — Conseils aux hommes affaiblis, Traité des maladies chroniques de l'impuissance prématurée. Paris, Dentu, 1859, in-8 broché, avec figures.

15. BELOUINO (Paul). — Histoire du Coup-d'Etat (décembre 1852). Paris, 1852, in-8 broché.

16. BÉRANGER. — Œuvres complètes. Paris, Perrotin, 1841, in-12 broché, édition elzévirienne.

17. BEUDANT (F.-S.). — Traité élémentaire de minéralogie. Paris, Verdière, 1824, in-8 cartonné.

18. BLANC (Louis). — Histoire de Dix Ans. Paris, Pagnerre, 1846, 5 vol. in-8, d. r.

19. BLAVIER (Edouard). — Essai de statistique minéralogique et géologique du département de la Mayenne. Paris, Le Mans, 1837, in-8 broché.

20. BIOGRAPHIE des grands inventeurs dans les sciences, les arts et l'industrie. Paris, 1877, in-12 broché.

21. BOUCHER (Ad.). — Histoire dramatique et pittoresque des Jésuites depuis la fondation de l'ordre jusqu'à nos jours. Paris, 1848, 2 vol. gr. in-8, brochés, avec figures.

22. BOULAY-PATY (Er.). — Sonnets de la vie humaine. Paris, Didot, 1852, in-12 broché.

23. BOURDON (Isid.). — Principes de physiologie comparée, etc. Paris, 1830, in-8 broché.

24. BROCHURES in-4 (1 lot de 6). — Minéralogie et géologie.

25. BRONGNIART (Adolphe). — Histoire des végétaux fossiles ou recherches botaniques et géologiques sur les végétaux renfermés dans diverses couches du globe. Paris, Dufour, 1828, 2 livraisons in-4.

— Sur la classification et la distribution des végétaux fossiles. Paris, 1822, in-4 broché.

26. BRONGNIART (Alexandre). — Histoire naturelle des crustacés fossiles, sous les rapports zoologiques et géologiques, savoir : les trilobites, par Brongniart, et les crustacés, par Desmarest. Paris, Levrault, 1822, in-4 cartonné.

— Mémoire sur les terrains de sédiment supérieurs calcaréotrappéens du Vicentin, etc. Paris, 1823, in-4 broché.

27. BROUSSAIS. — Traité de physiologie appliquée à la pathologie. Paris, Delaunay, 1822, in-8 cartonné.

28. BUCKLAND (William). — La Géologie et la Minéralogie dans leurs rapports avec la théologie naturelle. Paris, 1838, 2 vol. in-8, cartonnés.

29. BUFFON. — Œuvres. Paris, Dumenil, 1836, 9 vol. in-8, d. r.

30. BULLETIN de la Société géologique de France.

de novembre 1845 à avril 1881, 260 livraisons environ, brochées.

31. BYRON (lord). — Œuvres. Paris, 1840, 5 vol. in-8, brochés, avec figures.

32. CABET. — Histoire populaire de la Révolution française. Paris, Pagnerre, 1839, 4 vol. in-8.

33. CACARRIÉ. — Description géologique du département de Maine-et-Loire. Angers, 1845, in-8 br. (2 exemplaires).

34. CADIOT. — Histoire chronologique de France. Paris, 1828, 2 vol. in-8, brochés.

35. CAILLIAUD (Frédéric). — Voyage à Meroé, etc. Paris, 1823, 4 vol. in-8, brochés.

36. CASTELNAU (le comte). — Histoire naturelle des insectes coléoptères. Paris, 1840, 4 vol. in-8 et 1 vol. de planches.

37. CAUMONT (DE). — Essai sur la topographie géognostique du département du Calvados. Caen, 1828, in-8 broché.

38. CAYLUS (DE). — Romans héroïques de Jean-Ambroise Marin. Lyon, 1788, in-12 broché.

39. CAZIN (édition). — 4 vol. in-18 : Voltaire la Pucelle ; 1 vol. Bernardin de Saint-Pierre ; Paul et Virginie, 1 vol. ; Œuvre de Bernard, 1 vol., etc.

40. CHANTS ET CHANSONS populaires de la France (nouvelle édition). Paris, Plon, 1858, 2 vol. gr. in-8, cartonnés, avec figures.

41. CHARIVARI (Le) de 1833 à 1839. — 10 vol. cartonnés et plusieurs vol. en feuilles (incomplets).

42. CHARLES BARIMORE. — Paris, Maradan, 1817, in-8 broché, avec figures.

43. CHODERLOS DE LA CLOS. — Les Liaisons dan-

gereuses, ou lettres recueillies dans une société et publiées pour l'instruction de quelques autres. 1788, 2 vol. in-12, cartonnés.

44. CHENU (J.-C.). — Leçon élémentaire sur l'histoire naturelle des animaux; Conchyliologie. Paris, 1847, in-4 broché.

45. COLLIN DE PLANCY. — Dictionnaire critique des reliques et des images miraculeuses. Paris, 1821, 3 vol. in-8, brochés.

— Anecdotes du XIX<sup>e</sup> siècle. Paris, 1822, 2 vol. in-8, brochés.

46. CONTES (les) de Bocace, traduction nouvelle, etc. — Paris, an X (1801), 11 vol. in-18, brochés.

47. COTTIN (Mme). — Œuvres diverses. Paris, 1820, 12 vol. in-12, brochés, fig.

48. COURTOIS (E.-B.). — Rapport fait au nom de la commission chargée de l'examen des papiers trouvés chez Robespierre, etc. Paris, an III, in-8, d. r. (2 exemplaires).

49. CRIÉ (Louis). — Les anciens climats et les flores fossiles de l'Ouest de la France. Rennes, s. d., in-8 broché, de 74 pages.

50. CUVIER. — Leçon d'anatomie comparée. Paris, 1845, 9 vol. in-8, brochés.

— Recherches sur les ossements fossiles, etc. Paris, 1825, 7 vol. in-4, cartonnés.

— Discours sur les révélations de la surface du globe, etc. Paris, 1840, in-12 broché.

51. DARBOY (l'abbé). — Les Saintes Femmes, fragment d'une histoire de l'Eglise. Paris, Garnier, 1852, in-8 cartonné.

52. D'ARCHIAC (le vicomte). — Recueil de rapports sur les progrès des lettres et des sciences en France ;

paléontologie de la France. Paris, 1868, in-8 broché (2 exemplaires).

— Histoire des progrès de la géologie de 1834 à 1847. 7 vol. in-8, brochés.

53. DARWIN (Charles). — L'origine des espèces au moyen de la sélection naturelle, ou la lutte pour l'existence dans la nature. Paris, 1876, in-8 cartonné.

54. DEBAY (A.). — Hygiène des douleurs, etc. Paris, Dentu, 1867, in-12 broché.

55. DEGUIN (N.). — Cours élémentaire de physique, etc. Paris, 1848, 2 vol. in-8, cartonnés.

56. DELAUNAY (Ch.). — Cours élémentaire d'astronomie, etc. Paris, 1860, in-12.

57. DEMOUSTIER. — Lettres à Emilie sur la mythologie. Paris, 1835, 4 vol. in-18, brochés.

58. DEPASSE. — Souvenirs et tableaux poëtiques. Paris, 1842, in-12 broché.

59. DESCARTES (R.). — Œuvres, nouvelle édition collectionnée sur les meilleurs textes et précédée d'une introduction par M. J. Simon. Paris, Charpentier, 1842, in-12 broché.

60. DESCURET (J.-B.-F.). — La Médecine des passions, ou les passions considérées dans leurs rapports avec les maladies, les lois et la religion. Paris, Béchet, 1844, in-8 broché.

61. DESHAYES (G.-P.). — Description des coquilles fossiles des environs de Paris. Paris, Levrault, 1837, in-4 cartonné, planches.

— Description des coquilles fossiles des environs de Paris. Paris, 1824, 2 vol. in-4.

62. DEZALLIER-DARGENVILLE (fils). — La Conchyliologie ou histoire naturelle des coquilles d'eau

douce, terrestres et fossiles, etc. Paris, 1780, 3 vol. in-4, planches.

63. DEZALLIER-DARGENVILLE (père). — L'Histoire naturelle éclaircie dans une des parties principales, l'oryctologie, qui traite des terres, des pierres, des métaux, des minéraux, etc. Paris, 1755, in-4, r., figures.

64. DESRUELLES (H.-M.-J.). — Traité des maladies vénériennes, etc. Paris, 1836, in-8 broché.

65. DUCROTAY DE BLAINVILLE. — Manuel de malacologie et de conchyliologie. Paris, 1825, 2 vol. in-8, planches.

66. DICTIONNAIRE biographique, universel et historique, etc. Paris, 1840, 25 vol. in-18, brochés.

67. DICTIONNAIRE pittoresque d'histoire naturelle et des phénomènes, contenant : l'histoire des animaux, des végétaux, des minéraux, etc., rédigé par une société, sous la direction de M. F.-E. Guérin. Paris, au Bureau de souscription, 1833-1839, 9 vol. in-4, d. r., figures.

68. DISCOURS du général Foy, etc. Paris, Moutardier, 1826, 2 vol. in-8, brochés.

69. DORAT. — Les Baisers précédés du mois de mai à la Haye. — Se trouve à Paris, chez Delalain, 1770, in-8 broché (gravures et vignettes d'Even, en bonnes épreuves).

— Lettres d'une chanoinesse de Lisbonne à Melcour, officier français. Paris, Delalain, 1780, in-8 broché, figures.

— Les Victimes de l'amour ou lettres de quelques amants célèbres. Paris, *ibid.*, 1780, in-8 broché, figures.

70. D'ORBIGNY (Al.). — Voyage pittoresque dans les deux Amériques. Paris, 1836, 2 vol. in-8, brochés, figures.

— Cours élémentaire de paléontologie et de géologie stratigraphiques. Paris, Masson, 1849-1852, 6 vol. in-12, brochés.

— Géologie appliquée aux arts et à l'agriculture, etc. Paris, 1851, in-8 broché.

— Paléontologie française, etc. Paris, 1840, 2 vol. in-8 en feuilles, avec planches (2 exemplaires).

71. DORVAULT. — L'Officine ou répertoire général de pharmacie pratique, etc. Paris, 1850, in-8, d. r.

72. DUBUISSON (F.-R.-A.). — Catalogue de la collection minéralogique, géognostique et minéralurgique du département de la Loire-Inférieure, appartenant à la mairie de Nantes. 1830, in-8 broché.

73. DUCLOS (P.-L.). — Histoire naturelle générale et particulière de tous les genres de coquilles univalves marines à l'état vivant et fossile, etc. Paris, 1835, gr. in-8 avec planches en couleurs.

74. DUGÈS (Ant.). — Traité de physiologie comparée de l'homme et des animaux. Montpellier et Paris, 1838, 3 vol. in-8, brochés.

75. DUGRAVIER. — Hortense. Ploërmel, chez l'auteur, 1835, in-18 broché.

76. DULAURE. — Histoire de Paris. Paris, Boisgard, Marescq, etc., 1853, in-4, d. r., fig.

77. DULAURENT (l'abbé). — Le compère Mathieu ou les bigarrures de l'esprit humain. Paris, 1833, 4 vol. in-18, brochés, figures.

78. DUMAS (A). — Le Mois, revue historique et politique. Paris, 1849, 2 vol. in-4, brochés.

79. DUPERRON (de Castera). — La Luciade de Camoens. Paris, 1785, 3 vol. in-12, cartonnés, figures.

80. DUVAL (Alexandre). — Œuvres complètes. Paris, Barba, 1822, 3 vol. in-8, brochés.

81. — ELLIS (Jean). — Essai sur l'histoire naturelle des corallines et d'autres productions marines du même genre, etc. A La Haye, 1756, in-8, figures.

82. ERCKMANN-CHARTRIAN. — Histoire d'un paysan ; la Révolution française racontée par un paysan. Paris, 1873, in-4 broché, figures.

— Romans nationaux. Paris, Hetzel, 1873, in-4 broché, figures.

83. EUSÈBE François de Salles. — Histoire générale des races humaines ou philosophie ethnographique. Paris, 1849, in-8 broché.

84. FAUJAS-SAINT-FOND. — Histoire naturelle de la montagne de Saint-Pierre de Maestricht. Paris, an VII, gr. in-f° cartonné.

85. FAVART. — Œuvres choisies, édition stéréotypée. Paris, 1813, 3 vol. in-8, brochés.

86. FÉE (A.-L.-A.). — Essai sur les cryptogames des écorces exotiques officinales, etc. Paris, Didot, 1824, in-4 cartonné, avec planches en couleurs.

87. FERRON (DE). — Théorie du progrès. Paris, 1867, 2 vol. in-12, brochés.

88. FERUSSAC (DE). — Tableau systématique des animaux mollusques classés en familles naturelles. Paris et Londres, s. d., in-4 cartonné.

89. FIGUIER (Louis). — L'Alchimie et les Alchimistes, essai historique et critique sur la philosophie hermétique. Paris, Hachette, 1860, in-12 broché.

90. FIGURES de l'histoire de la Saincte Bible, accompagnées de briefs discours, etc. Paris, 1663, in-f° (belles épreuves des figures).

91. FLEURET. — L'Art de composer des pierres factices aussi dures que le caillou, etc. 1807, 2 vol. in-4, brochés.

92. FOUCAUD (Edouard). — Les Artisans illustres. Paris, 1841, gr. in-8, d. r.

93. FOURNEL (Henri). — Etude des gîtes houilliers et métallifères du Bocage vendéen, faite en 1834 et 1835, in-4 (texte).

94. FUNGORUM agri ariminensis historiæ (A.-J.) Aulanio. Battavia Faventiæ, 1755, in-4 cartonné, figures.

95. GALERIE des Femmes de George Sand, par le bibliophile Jacob. — Bruxelles, 1843, gr. in-8, d. r., fig.

96. GALERIE des Femmes de Shakespeare, collection de 45 portraits. — Paris, s. d., gr. in-8, d. r.

97. GALLAND. — Les Mille et une Nuits, contes arabes. Paris, 1832, 8 vol. in-8, brochés, figures.

98. GARINET (Jules). — Histoire de la Magie en France, etc. Paris, 1818, in-8 cartonné.

99. GALLOIS (L.) — Histoire des journaux et des journalistes de la Révolution française, 1789-1796. Paris, 1845, 2 vol. in-8, brochés.

100. GAUDICHAUD (Charles). — Recherches générales sur l'Organographie, la Physiologie et l'Organogénie des végétaux. Paris, 1841, in-4 broché.

101. GAULLE (DE). — Nouvelle Histoire de Paris. Paris, 1839-1840, 5 vol. gr. in-8, brochés, figures.

102. GAUTIER DAGOTY. — Anatomie des parties de la génération de l'homme et de la femme, etc. Paris, 1773, in-f° cartonné, figures en couleurs.

103. GEOFFROY-SAINT-HILAIRE (Isid.) — Histoire générale et particulière des anomalies de l'organisation chez l'homme et les animaux, etc. Paris, 1832, 3 vol. in-8, d. r.

— Vie, travaux et doctrine scientifique d'Étienne Geoffroy-Saint-Hilaire. Paris, 1847, in-12 broché.

104. GESNER. — Œuvres complètes. Paris, 1834, 4 vol. in-18, brochés, figures.

105. GILBERT. — Œuvres complètes. Paris, 1788, in-8, d. r.

106. GIRARD (Antoine). — Les Peintures sacrées sur la Bible. Paris, 1653, in-f° rel. parchemin, avec fig. (en bonnes épreuves).

107. GRANVILLE. — Un autre monde, etc. Paris, 1844, gr. in-8, rel. maroquin, fig. noires et en couleurs, bon tirage des figures, très-bel exemplaire.

108. GRATELOUP (le docteur). — Conchyliologie fossile des terrains tertiaires du bassin de l'Adour. Bordeaux, 1841, in-4, avec fig. (tome 1er, univalves).

109. GRISOLLE (A.). — Traité élémentaire et pratique de pathologie interne. Paris, Masson, 1846, 2 vol. in-8, d. r.

110. GUÉPIN (A.). — Philosophie du socialisme ou Etude sur les transformations dans le monde et l'humanité. Paris, 1850, in-12 cartonné.

— Philosophie du XIXe siècle. Paris, 1854, in-12, d. r. (2 exemplaires).

111. GUÉNARD (Mme). — Captivité de l'homme au masque de fer ou les illustres jumeaux. Paris, 1822, 2 vol. in-12, brochés.

112. GUYOT (Yves). — L'Inventeur. Paris, 1867, in-8 broché.

113. HAECKEL (Ernest). — Histoire de la création des êtres organisés d'après les lois naturelles. Paris, 1877, in-8 cartonné.

114. HISTOIRE de la Bastille, par Arnoud, Alboise, etc. Paris, 1844, 6 vol. in-8, brochés, fig.

115. HISTOIRE de la Révolution de Février 1848,

du Gouvernement provisoire de la République. Bordeaux, 1849, 2 vol. in-8, brochés.

116. HISTOIRE des guerres civiles de France par Lapommeraye et H. Lucas. Paris, 1847, 2 vol. in-8, brochés, figures.

117. HISTOIRE générale des voyages ou nouvelle collection de toutes les relations de voyages par mer et par terre, etc. Paris, Didot, 1749, 76 vol. in-12, d. r.

118. HISTOIRE secrète du cabinet de Napoléon Buonaparte et de la cour de Saint-Cloud. Londres, 1814, 2 vol. in-8, brochés.

119. HŒFER (Ferdinand). — Dictionnaire de chimie et de physique. Paris, 1846, in-12 broché.

— Eléments de chimie minérale, etc. Paris, 1841, in-8 broché.

120. HUNTER (J.). — Traité de la maladie vénérienne. Paris, Boillière, 1852, in-8 broché, avec planches.

121. HUOT. — Résumé géologique sur les ossements fossiles. Paris, 1826, in-8, d. r.

122. JANIN (J.). — Contes fantastiques et Contes littéraires. Paris, 1832, 4 vol. in-12, cartonnés.

123. JOURDAN. — Traité élémentaire d'anatomie comparée. Paris, Boillière, 1835, 3 vol. in-8, brochés.

124. JOURNÉES illustrées de la Révolution de 1848, etc. Paris, s. d., in-f° broché, figures.

125. JOZAN (le docteur). — Traité pratique des maladies des voies urinaires et des organes générateurs de l'homme et de la femme. Paris, 1860, in-12 broché, fig.

126. JULIE DE GRAMONT, traduit de l'anglais sur la 2e édition. Londres, 1788, 2 vol. in-12, brochés.

127. JUSSIEU (Adrien DE). — Cours élémentaire

d'histoire naturelle, etc. (botanique). Paris, s. d., in-12 cartonné.

128. KŒPPELIN (R.). — Cours élémentaire des sciences physiques; cours de physique. Paris, 1844, in-8, d. r.

129. KLEE (Frédérik). — Le Déluge, considération géologique et historique sur les derniers cataclysmes du globe. Paris, 1847, in-12 broché.

130. LA BÈCHE (Henri DE). — L'art d'observer en géologie. Paris, 1838, in-8 broché.

— Nouvelle géologique. Paris, s. d., in-8 broché.

131. LA BÉDOLLIÈRE (Emile). — Le nouveau Paris, histoire de ses 20 arrondissements, illustré par G. Doré; 20 livraisons in-4, brochées, fig.

132. LA FONTAINE. — Contes et Nouvelles en vers, nouvelle édition, corrigée, augmentée et enrichie de figures. Amsterdam, 1743, 2 vol. in-12, reliés, figures non signées.

133. LA GRANDE VILLE, etc., 2 tomes en 1 vol. gr. in-8, d. r., fig., papier de couleur (manque les titres).

134. LAMOUROUX (J.-V.). — Essai sur les genres de la famille des thalassiophytes non articulées, présenté à l'Institut dans la séance du 3 février 1812. Paris, Dufour et Cie, 1812, in-4 broché.

135. LANDRIN. — Dictionnaire de minéralogie, de géologie et de métallurgie. Paris, 1852, in-12 broché.

136. LANGLÈS. — Monuments anciens et modernes de l'Indoustan. Paris, 1821, 2 vol. in-4, reliés, fig. (très-bel exemplaire).

137. LA PLACE (DE). — Tom Jones ou l'Enfant de la forêt. Paris, 1777, 2 vol. in-12, cartonnés.

138. LA RELIGIEUSE, par l'abbé ***. — Paris, 1864, 2 vol. in-8, brochés.

139. LAS-CASES (le comte DE). — Mémorial de Sainte-Hélène ou Journal où se trouve consigné jour par jour ce qu'a dit et fait Napoléon durant dix-huit mois. Paris, 1830, 21 tomes en 11 vol. in-18, d. r.

140. LA VICONTERIE. — Les Crimes des rois de France. Paris, 1791, in-8 broché, figures.

141. LE BON SENS du curé J. Meslier, suivi de son testament. Paris, 1802, in-8 broché.

142. LE DANTE. — L'Enfer, poëme du Dante. Paris, 1812, in-8 broché, figures.

143. LE GRAND. — Théâtre historique ou nouvelle Histoire universelle, tant sacrée que profane, etc., etc. A Leyde, 1703, 5 tomes en 3 vol. in-f°, reliés, figures (bonnes épreuves des figures).

144. LE MAUDIT, par l'abbé ***. — Paris, 1864, 2 vol. in-8, cartonnés.

145. LENOIR (Alexandre). — Description historique et chronologique des monuments de sculpture réunis au musée des monuments français. Paris, an VIII, in-8 broché.

146. LÉO LESPÈS. — Le Livre de beauté Keepsake pour 1854. Paris, Blondeau, s. d., gr. in-8, d. r., figures.

147. LÉONARD-GALLOIS. — Dictionnaire historique de tous les ministres depuis la Révolution jusqu'à 1828, in-8 broché.

148. LE ROYAL. — Keepsake, livre des salons, etc. Paris, Janet, s. d., d. r., figures.

150. LE SAGE (R.). — Aventure de Robert, chevalier, dit de Beauchêne, capitaine de flibustiers dans la Nouvelle France. Mézières, an III, 3 vol. in-18, brochés.

— Histoire de Guzman d'Alfarache. Lille, s. d., 4 vol. in-18, cartonnés.

— Théâtre choisi, précédé d'une Notice, etc. Paris, 1830, in-8 broché.

151. Les AMOURS et les Malheurs de Louise. — Paris, 1790, 2 vol. in-18, brochés, figures.

152. Les FASTES de la Révolution française. — Album de gravures, in-4 oblong, cartonné.

153. Les MERVEILLES de l'art et de l'industrie, etc. — Paris, 1869, in-4 cartonné, figures.

154. Le SIEUR DE CALONNE dénoncé à la nation française et à la postérité, et pris à partie par l'ombre de feu M. de La Chalotais, etc. — London, 1787, in-8 broché.

155. Les MURAILLES révolutionnaires, etc. — Paris, Bry, 1852, 2 vol. in-4, brochés.

156. Un LOT de brochures sur la géologie (quarante-deux pièces in-8).

157. LOT. — 37 brochures sur le même sujet.

158. LOUVET DE COURTRAY. — Vie du chevalier de Faublas. Londres (Cazin), 1791, 7 vol. in-18, reliés.

159. MALAGUTI. — Leçons élémentaires de chimie. Paris, 1853, 2 vol. in-12, brochés.

— Leçons de chimie agricole, professées en 1847 par F. Malaguti. Rennes, 1848, in-12 broché.

160. MANUEL. — Lettres originales de Mirabeau, etc. Paris, 1792, 4 vol. in-12, cartonnés.

161. MARCEL (J.-J.). — Contes de Cheykh êl-Mohdy, traduits de l'arabe d'après le manuscrit original. Paris, 1835, 3 vol. in-8, brochés.

162. MARCHAL (Charles). — Histoire du peuple parisien. Paris, 1849, gr. in-8 broché.

163. MARIVAUX. — Œuvres diverses. Paris, 1765, 4 vol. in-12, cartonnés.

164. MECKEL. — Traité général d'anatomie comparée. Paris, 1836, 10 vol. in-8, brochés.

165. MÉDAILLES du règne de Louis XV, s. l. n. d., in-4 de 78 planches gravées.

166. MEJAN (Maurice). — Histoire du procès de Louis XVI. Paris, 1814, 2 vol. in-8, reliés.

167. MÉMOIRES de la Société linnéenne du Calvados. — 2 vol. in-8 et un atlas in-4, années 1824 et 1825.

168. MÉMOIRES de la Société linnéenne de Normandie. — 2 vol. in-8 et un atlas, années 1826, 1827 et 1828.

169. MEMOIRS of the geological survey of the united kingdom. — London, 1849-1852, 5 fascicules in-8, brochés, et une livraison in-4.

170. MÉMOIRES de R. Levasseur (de la Sarthe). — Paris, 1829, 2 vol. in-8, d. r.

171. MÉMOIRES du comte de Gramont. — Paris, 1829, in-8 cartonné.

172. MENESTRIER. — La nouvelle Méthode raisonnée de Blason, etc. Lyon, 1750, in-12 relié.

173. MEUNIER (Victor). — Essai scientifique. Paris, 1857, 4 vol. in-8, brochés.

— La Science et les Savants en 1864. Paris, 1865, in-12 broché.

174. MILLET (P.-A.). — Paléontologie de Maine-et-Loire. Angers, 1864, in-8 broché.

175. MILNE EDWARDS. — Élément de Zoologie ou Leçon sur l'anatomie, la physiologie, la classification et les mœurs des animaux. Paris, 1840-1843, 4 vol. in-12, brochés.

— Recueil de rapports sur les progrès des Lettres

et des Sciences en France : rapport sur les progrès récents des sciences zoologiques en France. Paris, 1867, in-8 broché.

176. MISSALE Romanvm ex secreto sacrosancti consilii tridentini restitvtvm Pii V. Pont. Max ivssv editum et Clementis VIII. Primvm nvnc denvo vbani papæ octavi avctoritate recongnitvm. — Parisiis, 1636, in-f°, rel. parchemin, figures.

177. MOLIÈRE. — Œuvres. Paris, 1760, 8 vol. in-12, rel. v., figures.

— Œuvres. Paris, Didot, 1846, 2 vol. in-12, d. r.

178. MONTEIL (A.-A.) — Histoire des Français de divers Etats ou Histoire de France, etc. Paris, 1846, 5 vol. in-8, brochés.

179. MOREAU le jeune. — Figures de l'Histoire de France dessinées par Moreau le jeune. Paris, A. Renouard, s. d., in-4 cartonné.

180. MOREAU (H.) — Le Myosotis. Paris, 1851, in-12 broché.

181. MUSÉE des Familles. — 5 vol. in-4, d. r. (1833 à 1844).

182. MUSÉE universel. — Journal illustré. 1876-1877, 4 vol. in-4, brochés.

183. MUSEUM tessinianum opera ilustrissimi comitis. Dom. Car. Gust. Tessin, holmiæ, 1753, in-f° relié.

184. ORFILA. — Leçon de médecine légale. Paris, Béchet, 1828, 3 vol. in-8, d. r.

185. OWEN. — Principes d'ostéologie comparée, ou recherches sur l'archétype, etc. Paris, 1855, in-8 broché, avec planches.

186. PARIS chez soi, revue historique monumentale, etc. — Paris, 1855, gr. in-8 broché.

187. PARNY. — Œuvres complètes. Paris, 1833, 4 vol. in-12, brochés.

188. PATRIA. — La France ancienne et moderne, morale et matérielle, etc. Paris, Garnier, s. d., 2 fort vol. in-12, brochés.

189. PÉCHOT (P.). — Principes de pathologie générale. Paris, 1867, in-12 broché.

190. PICARD (L.-B.). — Le Gil-Blas de la Révolution, ou confession de Laurent Giffard. Paris, 1824, in-12 cartonné, figures.

191. PICTET (F.-J.). — Traité de paléontologie, ou Histoire naturelle des animaux fossiles considérés dans leurs rapports zoologiques et géologiques. Paris, Baillière, 1856, 4 vol. in-8, brochés, et un atlas in-4, cartonné.

192. POUCHET (Félix). — Théorie positive de l'ovulation spontanée et de la fécondation des mammifères et de l'espèce humaine, etc. Paris, 1847, in-8 broché.

193. POULET-MALASSIS. — Papiers secrets et correspondance du second Empire. Paris, 1873, gr. in-8 broché.

194. PAYER (J.). — Botanique cryptogamique ou Histoire des familles naturelles des plantes inférieures. Paris, 1850, in-4 broché, figures.

195. PREVOST (Constant). — Documents pour l'histoire des terrains tertiaires; in-8 broché.

196. PREVOST (l'abbé). — Œuvres. Paris, 1808, 6 vol. in-18, reliés.

197. RABELAIS. — Œuvres de maître François Rabelais, anciennement publiées sous le titre de faits et dict du grand Gargantua et de Pantagruel, etc. La Haye et Paris, 1789, 3 vol. in-12, brochés.

198. RAMES (J.-B.). — La Création d'après la géologie et la philosophie naturelles. Paris, 1869, in-8 broché.

199. RANUCIO D'ALETES. — Histoire écrite par lui-même. Venise, 1736, 4 vol. in-12, cartonnés.

200. RASPAIL. — Lettres sur les prisons de Paris. Paris, 1839, 2 vol. in-8, d. r.

201. RÉIMPRESSION in extenso du *Journal officiel de la Commune*. — Paris, 1872, in-4 broché.

202. RÉVEILLÉ-PARISE (J.-H.). — Physiologie et hygiène des hommes livrés aux travaux de l'esprit, etc. Paris, 1843, 2 vol. in-8, brochés.

203. REVUE des Sociétés savantes des départements, publiée sous les auspices du ministre de l'instruction publique et des cultes. Paris, 48 livraisons in-8, brochées, de 1852 à 1859.

204. RICHARD (Achille). — Nouveaux éléments de botanique et de physiologie végétale. — Paris, Bechet, 1846, in-8 cartonné.

— Le même, 1852, in-12 broché.

205. ROBERT. — Histoire de la classe ouvrière. Paris, 1850, 2 vol. gr. in-8, d. r., figures.

206. ROBIDOU (B.). — La République de Platon. Paris, 1869, in-12 broché.

207. ROBIEN (DE). — Nouvelles idées sur la formation des fossiles. Paris, David, 1751, in-12, d. r.

208. ROBIN (Charles). — Galerie des gens de lettres au XIX^e^ siècle. Paris, 1848, gr. in-8, d. r.

209. SECRETS concernant les arts et métiers. — Bruxelles, 1784, 2 vol. in-12, brochés.

210. SEVIGNIANA, ou recueil de pensées ingénieuses, d'anecdotes littéraires, historiques et morales,

tirées des lettres de madame la marquise de Sévigné. — Paris, s. d., 2 vol. in-12, cartonnés.

211 SIMONIN (L.). — Histoire de la terre, origine et métamorphoses du globe. Paris, Hetzel, s. d., in-12 broché.

212. SUE (Eugène). — Le Juif-Errant. Paris, Paulin, 1845, 8 vol. in-18, brochés.

213. THIERS. — Histoire de la Révolution. Paris, Lecointe, 1823, 10 vol. in-8, d. r., figures.

214. TIÉDEMANN (F.). — Traité complet de physiologie de l'homme. Paris, 1831, 2 vol. in-8, brochés.

215. TOILETTES de nos Grand'Mères. — Paris, s. d., in-4 broché ; album de costumes lithographiés en couleur.

216. TUFFIER (T.). — Rêveries poétiques et religieuses ; chants nationaux, etc. 1855, in-8 broché.

217. TUPINIER (le baron). — Rapport sur le matériel de la marine. Paris, 1838, in-8 cartonné.

218. UN MILLION de fait, aide-mémoire universel des sciences, des arts et des lettres (7e édition). — Paris, Garnier, s. d., in-12 broché.

219. — VAULABELLE (A. DE). — Histoire des deux Restaurations. Paris, Perrotin, 1855, 8 vol. in-8, brochés.

220. VICTOIRES, conquêtes, désastres, revers et guerres civiles des Français, de 1792 à 1815. — Paris, 1821, 28 vol. in-8, brochés.

221. VIDAL (A.). — Traité des maladies vénériennes. Paris, Masson, 1853, in-8 broché, avec planches en couleurs.

222. VITALIANO DONATI. — Essai sur l'histoire naturelle de la Mer Adriatique. A La Haye, 1758, in-4 broché.

223. VILLAUMÉ. — Histoire de la Révolution française de 1789. Paris, 1832, in-4 broché.

224. VON TILESIUS (A.). — Naturhistorische abhandlungen und erlanterungen besonders die petrefactenkunde, etc. Cassel, 1826, in-4 cartonné.

## OUVRAGES RELATIFS A LA BRETAGNE

225. SOUVESTRE (Emile). — Riche et pauvre. Paris, Caboche, 1848, in-12 broché, figures.

226. SOUVENIR des Fêtes de Rennes (inauguration de la gare). — In-f° orné de lithographies, représentant les chars de la cavalcade qui eut lieu à Rennes en 1857.

227. ROBIDOU (B.). — Histoire et panorama d'un beau pays, ou Saint-Malo, Saint-Servan, Dinan, Dol et environs. Dinan, Bâzouge, 1853, 2 tomes en 1 vol. in-8, avec un album in-4, en feuilles (ouvrage devenu rare).

228. QUERNEST (Charles). — Usages et réglements locaux ayant force de loi dans le département d'Ille-et-Vilaine. Rennes, 1851, in-8 broché (2 exemplaires).

229. TOULEMOUCHE (Adolphe). — Histoire archéologique de l'époque gallo-romaine de la ville de Rennes, contenant l'étude des voies qui partaient de cette cité et celles de leurs parcours, précédée de recherches sur les monnaies et antiquités trouvées dans les fouilles de la Vilaine pendant les années 1841, 1842, 1843, 1844, 1845, 1846. Rennes, imp. Jausion, 1846, in-4 broché, avec planches.

230. PITRE-CHEVALIER. — La Bretagne ancienne et moderne. Paris, Coquebert, 1844, gr. in-8 en feuilles, avec figures.

— Bretagne et Vendée : histoire de la Révolution

française dans l'Ouest, complément de la Bretagne ancienne et moderne. Paris, Coquebert, s. d. (1844), gr. in-8 broché, fig., avec la couverture (très-bel exempl.).

231. POIGNANT (J.-C.-D.). — Antiquités historiques et monumentales à visiter de Montfort à Corseul, par Dinan, et au retour, par Jugon, avec addition des antiquités de Saint-Malo et de Dol, étymologie et anecdotes relatives à chaque objet. Rennes, 1820, in-8 broché.

232. MÉMOIRES de Joseph Fouché, duc d'Otrante, ministre de la police générale. Paris, 1824, 2 vol. in-8, cartonnés.

233. MANET (l'abbé). — Histoire de la petite Bretagne ou Bretagne Armorique depuis ses premiers habitants connus. Saint-Malo, 1834, 2 vol. in-8, brochés.

— Essai topographique, historique et statistique sur la ville de Rennes. Rennes, 1838, in-8 broché.

234. MARTEVILLE (A.). — Rennes moderne, ou histoire complète de ses origines, de ses institutions et de ses monuments. Rennes, 1850, 3 vol. in-12, brochés.

235. MILLE ET THORÉ. — Ligne de Paris à Brest, section de Paris à Rennes, profil géologique. Paris, s. d., in-4 cartonné, avec planches.

— Contrôle des chemins de fer, ligne de Paris à Brest, 1re section de Paris au Mans, profils géologiques suivant le tracé du chemin de fer, dressé sur les indications de M. Triger. 1863, in-4 cartonné.

236. LA MOSAÏQUE DE L'OUEST. — 3 vol. in-4, d. r. (journal rédigé par E. Souvestre).

237. HISTOIRE du général Moreau. — Paris, an XII, in-12.

238. GUYARD DE BERVILLE. — Histoire de Bertrand Duguesclin, 2 vol. in-12, rel.

239. ANNUAIRE du Morbihan. — Vannes, Lamarzelle, 4 vol. in-18, années 1834, 1835, 1837 et 1840.

240. LETTRES et épîtres amoureuses d'Héloïse et d'Abailard. — Paris, 1823, 2 vol. in-18, brochés.

241. GUÉPIN (le docteur). — Nantes au XIXe siècle. Nantes, 1835, in-12 broché, figures.

242. ALBUM breton. — Souvenirs de Rennes. Rennes, Jausion, 1841-1843, 2 parties in-4, en feuilles (ouvrage rare, dans lequel se trouve un grand nombre de planches lithographiées représentant des vues de l'ancien Rennes).

243. MAILLET. — Histoire de Rennes. Rennes, Morault, et Paris, Dumoulin, 1845, in-8 broché.

244. BALZAC (H.). — Le dernier Chouan ou la Bretagne en 1800. Paris, Canel, 1829, 4 vol. in-12, cartonnés.

245. LE GALL. — Flore du Morbihan. Vannes, Galles, 1852, in-8 broché.

246. CAMBRY (Jacques). — Voyage dans le Finistère, ou état de ce département en 1794-1795. Paris, an VII, 3 vol. in-8, d. r., figures.

247. HABASQUE. — Notions historiques, géographiques, statistiques et agronomiques sur le littoral du département des Côtes-du-Nord. Saint-Brieuc, Guyon, 1833-1837, 3 vol. in-8, brochés.

248. BIGOT (Alexis). — Essai sur les monnaies du royaume et duché de Bretagne. Rennes, Ganche, 1857, in-8, d. r., planches.

249. LE JEAN (G.). — La Bretagne, son histoire et ses historiens. Nantes, Guéraud, 1850, in-8 broché.

250. HAMARD (l'abbé). — Le Gisement préhistorique du Mont-Dol. Paris, 1877, in-8 broché.

— Etudes critiques d'archéologie préhistorique à propos du Gisement du Mont-Dol. Paris, 1880, in-8 broché.

251. BAZOUGE. — Guide du voyageur dans la ville de Dinan. Dinan, Bâzouge, s. d., in-18 cartonné.

252. DUCREST DE VILLENEUVE. — Guide itinéraire, historique et statistique de Bretagne, 1re partie, département d'Ille-et-Vilaine. Rennes, Oberthur, 1857, in-12 broché.

253. ORAIN (Adolphe). — Guide du voyageur dans Rennes et ses environs, s. d., in-18 broché.

254. OGÉE (J.-B.). — Dictionnaire historique et géographique de la province de Bretagne, nouvelle édition, revue et augmentée par MM. Marteville et Varin, etc. Rennes, Molliex, 1843-1853, 2 vol. gr. in-8, d. r.

## GRAVURES BRETONNES

255. STATUE de Louis XV dans la niche de l'Hôtel-de-Ville de Rennes. — Gr. estampe en hauteur, par Dupuis.

256. OBÉLISQUE élevé sur la place du Palais, à Rennes, par le général de la paroisse de Saint-Germain, à l'occasion de la rentrée du Parlement. Estampe in-fº, gravée par Olivault.

257. ÉLÉVATION de la décoration du théâtre pour les tragédies du collège de Rennes, dédiée par les Pères Jésuites à messieurs du corps de ville fondateurs de ce collège et des prix de la tragédie. Gravure en travers, par Moreau.

258. PLAN de la ville de Rennes, levé par F. Forestier, après l'incendie arrivé le 22 décembre 1720, sur lequel ont été formés les projets, tant du sieur Robelin, directeur des fortifications de cette province, et signé de luy, que du sieur Gabriel, contrôleur-général du Parlement du roy. — Gr. plan en parfait état.

259. PLAN de la ville de Rennes et de ses environs, chef-lieu d'Ille-et-Vilaine, etc., présenté à monsieur de la Bourdonnaye-Blossac, baron de l'Empire, maire de Rennes, par Olivault, 1813, plan in-f° (rare).

260. PLAN de la ville (officiel), approuvé par ordonnance royale du 22 avril 1827, publié conformément aux délibérations du Conseil municipal, sous l'administration de M. de Lorgeril, maire de cette ville, dessiné et gravé par Periaux, architecte de Paris, 1829.

Une grande quantité d'ouvrages non catalogués sera vendue par lots.

*Le Commissaire-Priseur,*

ÉMILE TÉTON.

Rennes, imprimerie E. Baraise et Cie, place St-Michel, 7.

www.ingramcontent.com/pod-product-compliance
Ingram Content Group UK Ltd.
Pitfield, Milton Keynes, MK11 3LW, UK
UKHW021117290826
14628UKWH00014B/2599

9 782329 437804